智慧妈妈读
塔木德胎教故事

菅波 编

中国妇女出版社

图书在版编目（CIP）数据

智慧妈妈读塔木德胎教故事 / 菅波编. -- 北京：中国妇女出版社, 2015.3

ISBN 978-7-5127-0964-5

Ⅰ. ①智… Ⅱ. ①菅… Ⅲ. ①儿童故事 – 作品集 – 世界 Ⅳ. ①I18

中国版本图书馆CIP数据核字（2014）第267114号

智慧妈妈读塔木德胎教故事

作　　者： 菅　波　编
责任编辑： 晓　里
封面设计： 古涧文化
责任印制： 王卫东
出版发行： 中国妇女出版社
地　　址： 北京东城区史家胡同甲24号　　　邮政编码：100010
电　　话：（010）65133160（发行部）　　　65133161（邮购）
网　　址： www.womenbooks.com.cn
经　　销： 各地新华书店
印　　刷： 北京缤索印刷有限公司
开　　本： 210毫米×226毫米　1/12
印　　张： 10
字　　数： 80千字
版　　次： 2015年3月第1版
印　　次： 2015年3月第1次印刷
书　　号： ISBN　978-7-5127-0964-5
定　　价： 29.80元

前　言

研究数据显示，胎宝宝的智力48%取决于基因遗传，而52%取决于孕妈妈的子宫环境。孕妈妈的所听、所想、所感，都会在胎宝宝的脑海中留下烙印。所以，孕妈妈为胎宝宝讲一些智慧的故事，与胎宝宝进行有效的情感交流，已经是得到认可的胎教方式了。

众所周知，全世界声名显赫的人物中，犹太人占一半；美国的百万富翁中，犹太人也占了三分之一。如果说，美国控制了整个世界，那么犹太人则控制了整个美国。在犹太妈妈们的心中，始终有本记载着犹太人生活、戒律、教诲的《塔木德》。如今，《塔木德》已经不只是犹太人的智慧，而是受到全世界推崇的智慧圣经。

《智慧妈妈读塔木德胎教故事》改编自《塔木德》中符合孕妈妈孕期情感，且同时体现核心价值观的经典故事。本书分为子达卡式胎教、尼达式胎教、所罗门箴言式胎教、父亲角色式胎教、Hevruta教育式胎教五部分。每部分内容通过塔木德故事告诉胎宝宝关于博爱、智慧、正直、宽容、生活的真谛。书中传递的是一种“不要为宝宝解决问题，而是让他们自己学会如何处理问题”的理念。

孕妈妈可以把此书放在身边，在一个闲适的午后，坐在落地窗前，翻看唯美的书页，用舒缓平和的心态讲给胎宝宝听，让自己与胎宝宝达到温馨的交流。孕妈妈可以告诉胎宝宝，要努力成为一个富有生活智慧的人，一个具有博爱之心的生活强者。

《塔木德》给每个胎宝宝的神奇力量

☆ 辉煌的民族荣耀

全球金融家族罗斯柴德家族、“华尔街之子”摩根、超级石油大王洛克菲勒、“普利策奖”创始人普利策、心理学家佛洛伊德、“科学巨人”爱因斯坦、美联储前主席格林斯潘、“股神”巴菲特、“金融天才”索罗斯、知名导演斯皮尔伯格……这些声名显赫的大人物在各自的领域里达到了事业上的巅峰，而他们都有一个共同的身份——犹太人。据统计，全世界犹太人的人数才占世界人口的0.3%左右，但却取得了如此大的成就，可以说，这全都因为他们拥有一部《塔木德》。

☆ 博大的智慧力量

《塔木德》向我们展示了犹太人所认同的“智慧”的真正力量。《塔木德》告诉人们不仅要善于动脑和学习，而且要懂得爱别人，要用宽容的心态去解救处在困境中的人们；即使遇到再大的困境，也不要轻易放弃自己的目标，因为在挫折中磨砺自己的意志，也是人生的一笔财富；一个人是否智慧，并不在于自身觉得怎样优秀，而是通过自己的努力，得到他人的认可……

《塔木德》给每个胎宝宝这样讲故事

☆ 发散思维读故事，感受故事中的意境

孕妈妈在绘声绘色地读故事的时候，一定要在脑海中展现故事情节，并展开想象的翅膀，把故事演绎得更加唯美。胎宝宝在孕妈妈的腹中也会跟着抻动四肢，与孕妈妈一起进入故事的情境。一个故事最好多读几遍，以便领会和体味其中的内涵之美。故事重复的次数越多，越能给胎宝宝一种似曾相识的感觉。

☆舒缓平和读故事，感受语言的魅力

孕妈妈给胎宝宝讲故事，语速要尽量放缓，语调平和，语言生动，这样有助于调整腹中胎宝宝的心跳。朗读故事时注意用声调区分角色。例如：拉比富含哲理的话，要用浑厚的声音读出来；小宝宝的话语要用甜美的声音读出来……孕妈妈也可以自己改编故事中的情节和句子，使之更符合自己的语言习惯，为胎宝宝营造一个流畅的语言环境。

☆营造讲故事的氛围，感受大自然的气息

故事不仅要唯美，还要有好的氛围配合。孕妈妈可以在气候温和、阳光灿烂的午后，去到小区花园里，看蚂蚁搬家、蜜蜂采蜜，听小鸟鸣唱、微风吹拂柳枝声，然后开始讲故事，让胎宝宝感受到外界与故事水乳交融后产生的美妙。

☆持之以恒地讲故事，感受经典的真谛

孕妈妈要把讲故事当作一项快乐的事情来做，要持之以恒地给宝宝讲故事。每天有规律地讲故事，每次 15 ～ 20 分钟，即使时间很短，也要天天坚持。只有这样，才会使胎宝宝自然而然地对书中的故事产生记忆，达到刺激大脑发育的效果。

《塔木德》给每个宝宝的蜂蜜之吻

每个犹太人的家里，

妈妈轻轻翻开《塔木德》，滴一滴甜美的蜂蜜。

宝宝俯身下去，去亲吻《塔木德》上的蜂蜜。

蜂蜜是如此甜美，

而在妈妈和宝宝的心里，《塔木德》是最甜的。

每个犹太宝宝，都需要回答妈妈的问题：

假如有一天你被迫离乡，

所带的行李里必须包括什么？

如果回答是金币或钻石，妈妈会继续问：

这是一种无形却强大的东西，

你觉得是什么？

如果宝宝无言以对，妈妈就会说：

只要你还活着，知识就永远伴随你，

《塔木德》能伴随你一生，给你知识的力量。

Contents

目 录

尼达式胎教
——做一个拥有智慧的人 /25

所罗门箴言式胎教
——从教诲中培养一颗正直的心 /47

子达卡式胎教

——与别人一起分享爱

犹太妈妈如果怀了宝宝，她们就会按照犹太民族的风俗，定期往一个叫子达卡的存钱罐内存钱。随着腹中宝宝的成长，钱币的数量也越存越多，等攒够了一定的数量，她们会把钱分享给需要帮助的人。子达卡的含义就是正义、救济、爱戴和慈善等。犹太民族推崇分享，要求自己的宝宝不能独自享受爱，而一定要把爱分享给其他的人。所以，子达卡胎教方式，可以让孕妈妈教会尚在腹中的胎宝宝如何分享人世间的爱。

忠狗救主

爱已经把生死置之度外。

——塔木德胎教智慧

一个犹太农夫的家里养了一条狗。这条狗聪明伶俐，经常陪着农夫的小儿子玩耍，深得儿子的喜爱。

农夫的小儿子把这条狗当作朋友，连晚上睡觉也不愿与它分开，平日里经常向狗说知心话。

有一天，农夫和妻子都去田里劳作了，孩子们也外出郊游了，只留下狗看家。

狗闲着无事，懒洋洋地窝在桌子下睡觉。

这时，不知从哪里钻出来一条毒蛇，吐着红红的信子，不时发出“咝—咝—”的声音。

“汪汪！汪汪！”

狗对蛇发出警告，试图赶走它，但毒蛇在逃跑前将毒液喷到了牛奶罐子里。

这是一条带有剧毒的蛇，如果主人喝了有毒液的牛奶，就会立即毙命。

傍晚，主人和妻子从农田劳作归来，狗箭一般冲到主人的脚下，狂躁地叫着。

“汪汪！汪汪！汪汪！”

它是想告诉农夫今天发生的事。

但是主人根本不明白狗的意思，就没有理会它。

很快，主人的孩子们回来了，他们蹦蹦跳跳地进到屋里。可爱的小儿子快步奔到牛奶罐子前，伸手准备倒一杯牛奶喝——他显然是饿了。

狗一看这情形猛地蹿到小儿子脚下，更加大声地叫着。

“汪汪！汪汪！汪汪！汪汪！”

农夫的小儿子低下头，拍了拍狗的脑袋说：“咦，你想我陪你玩儿吧？等一会儿，我喝完牛奶再陪你玩儿啊。”

狗更加着急了，用力地咬住小儿子的衣服往下扯。

主人一家都觉得今天狗的行为有点儿反常，但是不明白到底为什么。

小儿子放下牛奶罐子，搂着狗安慰了一会儿。狗暂时安静了下来。

这时，主人倒了一杯牛奶递到小儿子的手里。就在这时，狗一下子跳起来，扑倒了小儿子。小儿子没抓稳牛奶杯子，只听“呯”的一声，杯子碎了，牛奶洒了一地。

小儿子被狗吓坏了，哇哇大哭起来。

主人很生气，怒视着狗，并大吼道：“你这个坏东西，我要把你赶出门外！”

狗用可怜巴巴的眼神看了主人一眼，然后低下头，用舌头舔了一下地上的牛奶。突然，狗浑身抽搐了一下，倒地死去。

主人一家惊呆了，原来牛奶里有毒。这时，他们才明白，狗今天晚上的异常行为是为了救他们，可惜他们明白得太晚，狗已经死去了。

农夫一家难过极了，他们厚葬了这条狗。

与宝宝对话：爱是可以延续的

宝宝，你知道吗？农夫家的狗是主人最忠实的朋友，所以才为了主人不惜以身试毒。宝宝啊，妈妈也爱你，我会以特有的方式爱你。爱是可以延续的，如果你对别人分享爱，别人也会分享爱给你，从而一个人接一个人地传递下去。每个人爱人的方式有所不同，也许，宝宝，你在妈妈腹中已经感觉到一股暖流，这就是妈妈爱你的方式。

农夫博大的爱

只要内心富有，懂得分享爱，人生就会变得富有，收获爱的回报。

——塔木德胎教智慧

在一个村庄里，生活着一对农民夫妇，他们拥有一个很大的农场。春季，农夫每天早出晚归，在田地里辛勤劳作；秋季，五谷丰登，农夫得到土地的回报。农夫经常会拿出自己多余的粮食，去救济那些生活艰难的穷人。

每年，拉比们（拉比，即老师，智者的象征）会来拜访农夫，而农夫则会将大把大把的钱交给他们，让他们把钱用在该用的地方。所以，村庄里的人都夸赞他善良。

“他真是善良啊，做了这么多好事，今后一定会有好运气的。”

每当听到人们的夸赞，农夫只是腼腆地笑笑，从来都不放在心上。

然而有一年，天空突降暴雨，农场一片狼藉，农夫还没有熟透的果实被雨打落在地上，家畜因为暴雨发生的泥石流，一个都没活下来。一夜之间，农夫一无所有了。

真是祸不单行，那些曾经借给农夫钱的人听说农夫遭灾受损后，非但没有同情反而纷纷前来向农夫讨债。他们抢走了农夫仅有的一点儿财产，现在的农夫，真是一无所有了。但是，他始终都没有感到过绝望。

当有人试图安慰农夫时，农夫总是说："那些本来就不属于我，是上帝恩赐于我的，所以上帝拿走也是理所当然的。"

这一年，拉比们像往年一样来到了农夫的家中。此时农夫已经搬到一座破旧简陋的房子里居住了。拉比们看到农夫现在窘迫的生活，不禁大吃一惊。他们觉得农夫夫妇非常可怜，不打算再要他们的财物了。

农夫的妻子看出拉比们的心思，于是把农夫唤到一旁，低声说："我们之前每年都会给拉比们一些钱，让他们建造学校、救济其他穷人。今年我们怎么着也不能让拉比们空手而归啊。"

农夫非常赞同妻子的想法，于是对拉比们说："你们今天先回去，我去想办法，过些天你们再来吧。"农夫将自己唯一的农田卖掉了一半，然后把得来的钱交给了拉比们。

"这些钱虽然比较少，但是还能帮助一下他人。我们还剩下一半田地，只要辛勤劳作，养活自己就没有问题。你们一定要收下这些钱。"农夫真诚地说。

拉比们感到非常意外，由于夫妇俩态度坚决，只能万分感激地收下。

从那以后，农夫更加辛苦地劳作，每日牵着牛来到田里，阳光实在是太毒辣了，但他依然坚持着。突然，耕牛一下子栽倒在了田地里。

"哎呀，我的牛是怎么了？是不是太累了？"农夫心疼地想。

农夫赶紧扶起牛的一条腿，想把牛从田里拉出来。就在这时，他看见有什么东西在牛腿的下方闪闪发光。农夫低下头仔细一看，田里居然有一颗硕大的宝石。

"咦，田里怎么会有宝石呢？"

看着晶莹剔透的宝石，农夫高兴极了。他想，原来是宝石把牛绊倒了啊！他拿起宝石，赶紧牵牛回家，之后又连忙跑向市场，把宝石卖了。后来农夫用卖掉宝石的钱赎回

了自己卖掉的田地。

时间飞逝，又到了拉比们拜访农夫的时候了。拉比们又来到了农夫之前住的那座简陋的房子前，然而他们发现，里面空无一人。

拉比们感到非常纳闷儿，恰巧有一位村民路过，他说：“那对夫妇已经搬到前面的那座大房子里面了，你们去那里找他们吧。”

顺着村民手指的方向，拉比们来到了一座大房子面前。他们不禁为眼前气派的大房子赞叹：“这真是一座美丽的房子啊！”

听到声响，农夫走出房门，将拉比们迎进屋内，把事情的来龙去脉说给他们听。最后农夫说道：“这件事情让我明白了一个道理，就是只要坚持帮助他人，不计回报地付出，就一定能得到好报！”

与宝宝对话

宝宝，你是不是觉得农夫的运气太好了？但你知道吗？农夫的好运气都是来自自己的无私与慷慨。他大方地将自己的钱财分享给拉比们，虽然从表面上看他失去了一些钱财，但实际上他的人生却从此富有起来，因为他人的敬重与感恩，还有自己通过分享而得到的喜悦感，会让自己今后的生活更加有意义。宝宝，你也要懂得分享哦，因为分享可以收获快乐。

兄弟之间彼此深爱

你心里装着别人，别人心里同样也装着你。

——塔木德胎教智慧

从前，在耶路撒冷住着一对兄弟。哥哥已经成家，有妻子和两个可爱的孩子，弟弟一直过着单身生活。兄弟二人共同耕种一片田地。

这一年秋天，经过辛勤的耕种，兄弟二人收获了很多粮食和水果。他们将这些粮食和水果平均分成了两份，每人拿走一份。

晚上回到家中，弟弟觉得与哥哥一家平分粮食和水果，很对不住哥哥。他想："哥哥家里有四口人，而我只有自己一人生活，他们需要的粮食肯定比我多。再说，两个孩子今后需要花钱的地方还很多……而我和哥哥拿到的粮食却一样多，真是不应该啊。"

弟弟越想越觉得不合适。于是，他走进自家仓库中，拿出两个袋子，里面分别装满粮食和水果，奔着哥哥家的方向走去。漆黑的夜里，只有月亮和星星发出微弱的光亮。

虽然夜路不太好走，但弟弟丝毫没有感觉疲惫，他想："现在给哥哥送过去，应该不会晚。但是哥哥知道后肯定不会收下，所以我不能告诉他，悄悄地放在他家仓库里就行了。"弟弟在途中歇了一会儿，就继续向哥哥家走去。

到了哥哥家，他悄悄地打开哥哥家仓库的门，把粮食和水果放进去，然后又悄悄地离开。回家的路上弟弟心情愉悦，一路哼着小曲儿呢。

就在弟弟做这一切的同时，哥哥也在为弟弟着想。

“我现在有孩子了，等年纪大了，孩子们可以照顾我，可是弟弟却孤身一人，今后谁来照顾他呢？我和他分一样多的粮食，真是不应该。我得给他送过去一些。”

哥哥背上分别装有粮食和水果的袋子，向弟弟家走去。同样担心弟弟不肯收下粮食和水果，哥哥也悄悄地打开弟弟家仓库的门，把粮食和水果放进去，然后也悄悄地离开了。在回家的路上，哥哥同样也哼着小曲儿，心情非常愉快。

第二天早上，弟弟打开仓库，看到自己的粮食和水果与之前分到的一样多，不禁大吃一惊。

“咦，这是怎么回事呀？明明昨晚我已经将粮食和水果给哥哥送过去了呀？”弟弟百思不得其解。

哥哥也发现自己家的粮食和水果的数量与之前一样多，感到匪夷所思：“难道我昨晚没有给弟弟送过去吗？真是奇怪。这样吧，我今晚再送过去一趟！”

晚上，兄弟二人还像前一天晚上那样，扛着粮食和水果送到对方的仓库中。第二天早上，他们打开自己的仓库，发现粮食和水果还是和开始分得的一样多。他们虽然一头雾水，但依旧在每天晚上互相搬送着粮食和水果。

直到第四天晚上，兄弟俩在为彼此搬送粮食和水果的路上相遇了，他们这才明白了事情的真相。

兄弟俩将肩上的袋子放在地上，紧紧地相拥在一起。此时的他们，从内心深处感到了骨肉情谊的温暖和厚重。

与宝宝对话

宝宝，妈妈已经被这哥俩之间的爱深深地打动了。他们的生活虽不富足，但兄弟俩都时刻为对方着想，甘愿拿出自己的一份粮食和水果给对方，让对方分享到更多，这并不是所有人都能做到的。如果宝宝将来有了弟弟或妹妹，也要学习兄弟俩的品格，把自己最好的东西分享给他们，全心全意地爱他们。

神奇的苹果

爱是不能量化的，要看爱的那颗真心。

——塔木德胎教智慧

从前，有一个国王，他有一个美丽俊俏的女儿。国王非常宠爱这个女儿，视她为掌上明珠。然而有一天，公主患上一种奇怪的疾病，皇宫里的医生先后为她诊治，但都未见效果。

公主的病情一天天地严重起来，国王着急上火，因为他可能随时都会失去他最爱的公主。

为救女儿，国王彻夜未眠想办法。第二天清晨时，他命令大臣在全国张贴告示，告示上写着：谁能治好公主的病，谁就可以娶公主为妻，并得到皇位的继承权。

在距离皇宫非常遥远的地方，有一座小村庄，那里生活着三个兄弟。他们每个人都拥有一件神奇的宝贝。

老大的宝贝是一个魔法望远镜，通过这个望远镜，能看到世界上任何一个地方。就在国王贴出告示的那一天，老大用望远镜看美丽的风景时，无意间看到了这张告示。于是，他马上把两个弟弟叫过来。

“二弟、三弟，我刚刚用望远镜看到有告示说公主患上了一种怪病，我们应该去救救她才行呀！”老大着急地说。

“嗯，那我们马上出发前往皇宫，把公主的病治好吧！”老二和老三对老大的提议表示赞同。

于是，兄弟三人就坐着老二的宝贝魔毯出发了。魔毯载着兄弟三人越过高山、跨过江河……没过多久，他们就来到了皇宫。

三兄弟拜见了国王，老三拿出自己的宝贝魔法苹果，说：“尊敬的国王，我这里有一个魔法苹果，只要吃掉它，任何疾病都可以治愈，您拿给公主吃下吧！”

国王听后激动万分，急忙接过苹果让人喂给公主吃了下去。

很快，魔法苹果产生了效果，公主惨白的脸颊恢复了红润，不久又睁开双眼，坐了起来。公主的病就这样神奇般地治愈了。

“马上准备宴席，我要重重奖赏这三兄弟。”国王说道。

面对三兄弟，国王刚刚愉悦的心情马上就忧郁起来，他不知道该把公主嫁给这三兄弟中的哪一个人。

三兄弟都觉得自己应该娶公主并继承王位。

老大拿出魔法望远镜，说：“如果没有我通过魔法望远镜看到国王的告示，我们都不会知道公主患上了怪病，也就不能帮助公主治病，所以，我娶公主是理所应当的。”

老二拿出魔毯，说：“这样说不对啊。国王，如果没有我的魔毯，我们就不能及时赶到皇宫治疗公主的病。如果来晚了，就算给公主吃下魔法苹果，公主也醒不过来了。所以，我觉得我应该娶公主。”

老三摇摇头，说：“大哥用魔法望远镜看到了国王的告示，我们坐着二哥的魔毯快速来到了皇宫。但是是我的魔法苹果才救醒了公主呀，难道我不应该娶公主吗？”

国王思索了一下，然后站起身来，大声宣布：“我决定把公主嫁给三兄弟中的老三。”

“啊？为什么啊？他只拿出了一个苹果罢了。我的魔法望远镜才是最好的宝贝，如果您让我做国王，遇到敌人来袭时，可以在第一时间发现他们，然后将他们击败。”老大不服气地说。

老二也不甘示弱，说：“如果让我做国王，我的魔毯可以让您随便使用，您想去哪里就可以飞到哪里。”

国王听完两兄弟的话，解释说：“我知道，你们为了救醒公主付出了很多。如果没有你们中的任何一个人，公主都无法醒来。但是，现在老大还可以用自己的望远镜，想什么时候用都可以，是不是？老二的魔毯也是可以随时使用的。但是，老三现在什么宝贝都没有了，他将唯一的苹果献给了公主。所以，我觉得，老三能将自己只能使用一次的宝贝拿出来，他的付出最大。”

听完国王的话，老大和老二都沉默了。

于是，国王将公主嫁给了老三。从此以后，老三与公主过上了幸福的生活。

与宝宝对话

宝宝，听完这个故事，你觉得公主应该嫁给谁呢？你想的应该和国王是一样吧？没错，妈妈也是这样认为的。三个兄弟各自都有一个宝贝，但是只有老三把宝贝完全献给了公主，另外两个人的宝贝还可以继续使用。宝宝，妈妈想告诉你，分享是一件快乐的事情，不能以任何条件加以衡量，只要有一颗爱人的心，即使分享的东西很廉价，也是值得夸赞的。如果没有爱，即使再宝贝的东西，也毫无意义。

延伸阅读

爱与牺牲

〔俄〕列夫·托尔斯泰

比死亡的恐怖更强大的是
爱的情感。
不会游泳的父亲，
为救落水的孩子，
跃入水中，
这就是爱的使然。
爱，就是除我以外，对待别人
成为使之幸福的双脚，
人生的问题种种，
但解决的路径唯有爱。
爱，为自己会变得很弱，
为别人就会变得很强。

尼达式胎教

——做一个拥有智慧的人

尼达式（尼达，在犹太教中指经期妇女。）胎教指的是在孕前进行充足的准备，在最佳的排卵期同房，达到孕育出聪慧宝宝的一种胎教法。尼达式胎教规定，从月经第一天开始，至此后的第十一天内，都不可以行房。在禁止同房的这12天中，妻子应为孕育做好充分准备，而丈夫则会“酝酿”出最优秀的精子。之后再同房，精子与卵子结合后就会发育成质量高的受精卵，孕育出优秀健康的宝宝。可见，尼达式胎教是保证孕育一个充满智慧的宝宝的大前提，丈夫和妻子要做好充足的胎教准备。

嘴馋的狐狸与葡萄园

智慧不是耍小聪明。脚踏实地地学会生存之道，才是大智慧。

——塔木德胎教智慧

一天，烈日当头照，有一只狐狸在森林中玩耍，它跑啊跳啊，高兴极了。时间一长，它觉得累了，而且肚子里传出了“咕噜噜”的声音，于是就慢悠悠地边走边看，想找些吃的。不一会儿，狐狸幸运地发现前面有一片葡萄园——葡萄藤蔓上结满了果实，圆圆的、紫紫的、大大的、亮晶晶的样子像极了宝石。

“哇，多么诱人的葡萄啊，一定很好吃。”狐狸眯着眼睛一眼看过去，嘴角不时流出口水。

但是，葡萄园都被四周密而高的篱笆墙保护着。“糟糕，这我可怎么进去呢？”狐狸用尽浑身解数也钻不进去。

狐狸急得在园子外来回踅摸，眼珠子骨碌碌地转悠。突然，它高兴地跳了起来，似乎想到了好办法：“如果我瘦了，就能钻进园子了呀！我真是太聪明了。”

为了能够钻进葡萄园中，吃到美味的葡萄，狐狸三天不吃不喝，身体果然瘦了好几圈。

这天狐狸又来到了葡萄园外，围着篱笆找啊找，希望能够找到一个稍大的缝隙，尽早钻进园里吃上那香甜的葡萄。它终于看到靠近小河边的篱笆处有一个破损的小洞。

“哇！真是太好了！我一定能钻进去的。”于是，狐狸屏住呼吸，蜷缩着身子，收腹用力，一下子就钻进了葡萄园内。

“哎呀，真不容易啊！这些葡萄可都是我的了！”想到这里，狐狸撸下一把葡萄就往嘴里塞。

“嗯……嗯，味道不错。”就这样，狐狸坐在葡萄园中吃了三天的葡萄，将本来饿瘦的身体吃得圆滚滚的。

“啊，葡萄真是太美味了，但是总吃葡萄有点儿腻，应该再找些别的美食来吃。”狐狸想离开葡萄园，可是，由于肚子太鼓，费了很大的劲儿才站起来，当它摇摇晃晃地走到三天前钻进来的那个洞口处时，它发现，无论怎么用力，它都无法钻出那个小洞。

“呀！这该如何是好呀！如果待在园子里时间一长，要是被葡萄园的主人发现可就坏事了！”狐狸转来转去，也没想出好办法。最后它明白，只能再次瘦回去，才能钻出去。

无奈，狐狸只好藏在葡萄园中，看着美味的葡萄，却三天不敢吃一颗，等到饿得和之前一样瘦了，便仓皇地从篱笆的破洞处钻出来。

“哎，真是的，我又变成和之前一样了，现在还是饿着肚子。”狐狸回头望了一眼葡萄园中亮晶晶的大葡萄，踉踉跄跄地离开了。

与宝宝对话

宝宝，这个故事是不是很有趣呀？一方面，这只狐狸的遭遇也真够可怜的，另一方面，狐狸擅自闯入他人的园子偷吃葡萄，够可恶的！因此后来他是自作自受。这叫损人不利己，自以为很聪明，但最后聪明反被聪明误。真正的智者是通过自己的劳动，让自己或他人生活得更加美好。也就是说，如果狐狸自己想吃葡萄，可以向葡萄园主人学习种植葡萄的技术，这样吃到自己的劳动成果，心里既踏实，又坦然。从某种意义上说，大智慧来自于遵纪守法和勤劳勇敢。宝宝，妈妈相信你会很聪明，将来成为一个拥有大智慧的人。

赤裸的奴隶建立起的王国

智慧就是即使到了绝境，也能逢生。

——塔木德胎教智慧

一个古老的村庄里，居住着一位非常有智慧的奴隶。他做事善于动脑，一丝不苟，为人友善，村子里的人都很喜欢他。

奴隶的主人也很善良，他觉得奴隶应该有一个更好的前程，而不是一辈子只做奴隶。一天，奴隶正在院子里忙碌，主人将他叫到身旁，说："你做事这样认真，我觉得应该奖励你。说吧，你想要什么？"

奴隶微笑着，低头回答："主人，我没有什么想要的。如今您对我的赞赏，已经是给我最好的奖励了。"

"我考虑了很久，想还给你自由，你可以去任何自己想去的地方快乐地生活。"主人真诚地说。

主人这一番肺腑之言，让奴隶感激涕零："主人，真是太意外了，不知道如何感谢您啊！"

主人带着奴隶来到海边，指着岸边的一条船，说："看，这些都是你的了，你去追求你自己的幸福生活吧！"

奴隶看到船上丰美的粮食和珍贵的珠宝，感动万分，对着主人深鞠一躬，乘船远去。他张开双臂，享受着清爽的海风，大声高呼："我终于自由啦！自由啦！"

怀揣着对美好生活的无限向往，奴隶用力划桨。可是不久，天空乌云密布，紧接着狂风掀起千层浪，奴隶的船被拍碎了，奴隶掉进了海里。

“我还没有享受到幸福生活呢！我不想死！救命啊……”然而，任凭奴隶怎样挣扎也无济于事，渐渐地，奴隶失去了知觉。

清爽的海风拂过脸颊，奴隶渐渐苏醒过来，他定了定神，站起身来四下观望，发现自己漂到了一个不知名的小岛上，回想起海上的那一幕，奴隶很伤心，甚至有些绝望了。

这时，他听到远处传来一片欢呼声，他寻声走过去，看见那里有一群人，他们正跪在地上行礼。

“国王来啦！”

“伟大的国王终于来了！”

奴隶有点儿不相信眼前的事情，用力揉揉眼睛：“难道我是在梦境中？”

就这样，奴隶成了这座小岛的最高统治者。人们将最好的山珍海味都献给了他。

日复一日，奴隶在这个自给自足的小岛上无忧无虑地生活着。

但是，奴隶一直想不明白，为什么人们让自己做国王。一天，他把一个最坦诚的大臣唤到身旁，问道：“跟我说实话，你们为什么让我做国王呀？”

大臣迟疑了一下，颤抖着声音说：“这个岛上有一个习俗，就是要让海上来的人做国王。但是……这里还有一个习俗……就是做了一年国王后，要被流放到死亡岛上生活。”

“死亡岛！”奴隶被这个岛名吓得胆战心惊。

据说，在距离小岛很远的地方有一座死亡岛，岛上荒无人烟，人类根本没法在那里生存。

奴隶似乎陷入了绝望之中，茶不思饭不想。

几天后，奴隶在太阳刚刚升起时就独自划船外出了，直到太阳落山后才归来。此后，奴隶几乎每天都独自划船外出。岛上的人们很奇怪，议论纷纷：“国王为什么每天都出海呢？他都干什么去了？”

大臣们也摸不着头脑，试探性地问奴隶：“国王，您为什么每天都出海呢？大家都很担心您呀！”

奴隶默默一笑，说：“我去捕鱼了，你们不用担心我。”

此后的每一天，奴隶都坚持去捕鱼。

时光荏苒，奴隶已经在位一年了。这一天，百姓和大臣们都来到海边，为国王送行。

“国王啊，您一路小心，去死亡岛上生活吧！”

奴隶慢悠悠上了船，告别了人们，微笑着面对大海，划着船桨离开了小岛。船上没有带太多物品，只是少量的食物和水而已。

一个月后的一天，一个年轻人出海后回到岛上，很神秘地对大家说：“今天我去捕鱼，你们猜我发现了什么？”

大家面面相觑：“发现什么了？”

“你们和我一起去看一下吧！”年轻人带领着人们划着船向死亡岛进发。

“天啊！那真的是死亡岛吗？”

停船靠岸后，人们走上死亡岛。眼前的死亡岛，与人们心里的死亡岛完全不同，他们看到岛上树木茂密，花红柳绿，四处都是蔬菜、水果、谷物，还有小鸟在树枝上啼鸣，不由得惊呆了。

人们非常费解，于是就找到奴隶寻找答案。

奴隶会心一笑，说：“在我做你们国王的那一年里，我每天划船外出并非捕鱼，而是来这岛上种地、养花、盖房子。植物越来越茂密，吸引了很多小鸟，这里于是就充满了生气！”

听完奴隶这番话，人们都赞叹不已：“您真是太聪明了！”

就这样，奴隶定居在这个如桃花源一般的“死亡岛”上，自由、快乐地生活着。

与宝宝对话

宝宝，我们是不是应该为奴隶找到属于自己的幸福生活而庆贺呀！这里，我们不得不赞叹奴隶的智慧。可见，人生无绝境，只要开动脑筋，就可以绝处逢生。此外，聪慧的人居安思危，不会贪享暂时的荣华富贵，当他们意识到危机时，能够运用自己的智慧，拯救自己。宝宝，希望今后的你一样可以有远见、有智慧。

两个年轻人与苹果篮子

有时候，坚持到最后的那个人，才有资格享受成功后的美食。

——塔木德胎教智慧

从前，有一对朋友要到远方去旅行，然而在旅途中，他们的钱袋丢了。没有食物的他们，一边走，一边捂着肚子喊饿。就这样，他们在森林中艰难前行，希望能找到一些可以果腹的食物。

这时，在他们的眼前出现了一座房子。其中的一个人说："这里如此偏僻，怎么还有人住在这里呢？不管了，我们先去问问可不可以到里面休息一下吧！"

"有人吗？我们是前来旅行的，想借此地休息片刻，可以吗？"两个人轻轻地敲了几下门后说道。

可是房子里面并没有人应答。另一个人有些不耐烦了，用力敲了几下门后大声说："有人吗？可以给我们开下门吗？"

房子里还是无人应答。两个人就怀疑这是一座无人居住的房子。

他们轻轻推开门，走进去，看见房间里非常整齐，好像无人居住，两个人失望极了。本来他们想要找些食物吃，现在看来是不可能的了，于是一下子都坐在了地上。

这时候，阵阵水果的香味飘过来，一个人说："好香啊！你闻到水果香了吗？看来，

我们有水果吃了，赶快找一找！”

说着，两个人就开始东翻翻、西找找，但是却没有发现水果的踪影。

“怎么回事呀？明明闻到水果味了呀！为什么就是找不到呢？”。

另一个人说：“是挺奇怪的，但肯定是在这个屋子里，我们再努力找找看吧！”

语音刚落，他抬头一看，吃惊地举起手，指向头顶处，说：“啊！水果在这里啊！在屋顶的篮子里呢！”

两个人欣喜若狂，踮起脚尖用力去够篮子，但就是够不到。其中的一个人失去耐心，一屁股坐在了地上，说：“哎！为什么把水果放在那么高的屋顶上呀？谁想吃也拿不下来呀！”

“是啊！但是，这水果既然是被人放上去的，肯定可以被人拿下来的。水果这么香甜，咱们一定要吃到！”另一个人说。

于是，他就在房间里转来转去，寻找能利用的工具。很快他找到了一架梯子。他小心翼翼地把梯子挪到篮子底下，靠在墙上，然后慢慢地爬上梯子。虽然梯子非常破旧，让他担心梯子是否会突然散架，但他还是咬着牙试着爬上去，终于爬到了最高处。

可是，他向篮子伸出手时，依然够不到篮子。

坐在地上的人说风凉话：“你真是白费力气，我都说了不行了嘛。我可不想在这里浪费时间了，你要是还抱希望，就请继续吧！”说完，那个人就离开了。

留在屋子里的人没有放弃。他爬下梯子，来到房子的后院，想找一些有用的工具。后来，他看到了很多树枝，灵机一动，将树枝捆绑起来做成了一根足够长的杆子。

然后，他返回屋里，再次小心翼翼地爬上梯子，举起手中的杆子，挑开固定篮子的绳子，篮子掉了下来，他得到了甘甜的水果。他心情愉悦地享用了一顿水果大餐后，休息了片刻，接着继续赶路，最后成功到达目的地。而那个没有耐心的人，最终没有享用到水果，由于饥饿难耐，他只能放弃了这次旅行。

与宝宝对话

宝宝，你一定很羡慕享用水果大餐的那个人吧？他之所以能饱餐一顿，是因为他运用了自己的智慧。在困难面前，他不像另一个人那样，才刚开始努力就选择了放弃，而是冷静下来开动头脑思考，运用智慧和双手得到自己想要的东西。宝宝，妈妈对你说，这个世界上没有解决不了的问题，只要耐心思考，办法总是有的。

用智慧找回钱袋

遇事保持冷静，善于运用智谋，才是大智慧。

——塔木德胎教智慧

有一个商人来到一座城市购买货物。由于不了解市场行情，他一个人在市场中转悠了很多天也不敢下手。很快，他得到一个消息：过段时间，会有一艘大船要抵达这座城市，船上运载着大量的货物。

“等大船来了，货物的价格就会比较低，我再买，就相当于赚了一笔。”商人心里想。

于是，商人在城里住了下来，等待大船靠岸。然而，由于商人出门时带了很多钱，不放心将钱放在旅馆里，就琢磨应该将钱放在哪里合适。

“没错！我把钱埋到没人知道的地方就好了！”

于是，商人带着自己的500块银币走出了旅店。经过多处勘察，最后他决定将钱埋在一处隐蔽的荒野处。商人小心翼翼地观察四周的动静，确定无人之后，在地上挖了一个坑，把钱放在里面，盖上土后又在上面“咣咣”踩了几脚，留下记号后满意地离开了。

“哎，今晚终于可以睡个安稳觉了。”商人回到旅店，酒足饭饱后，躺在床上呼呼大睡起来。

次日，商人有些不放心，于是就去了头天埋钱的地方察看。然而挖了好几个地方，都没有找到钱袋。商人慌了，一下子瘫坐在地上。

“我的钱怎么不见了？这可是我所有的积蓄啊！”

商人察看了一下四周。突然，他发现远处居然有座房子。他感觉事情很蹊跷，于是就偷偷地跑到房子前。

“咦，墙上怎么会有一个洞呢？嗯！房子里的人一定通过这个洞看到了我埋钱，在我走后，就把钱偷走了。”

商人想向房子的主人要回钱，但没有证据。

“看来，我必须想一个好办法才行啊！对，就这样办！”

商人敲了敲房门，很快，房子里出来一个男人。男人一看到商人，神色有些慌张。他定了定神后问道：“您找谁呀？”

商人说：“我是从乡下来的商人，我觉得住在城市里的人都很聪明，所以想请求您帮帮我。”

男人担心被问及钱袋的事，有些不耐烦地说：“您说，有什么需要帮助的？”

商人说：“我听说过几天货物会降价，所以就到这里来进货。但是我不知道把钱放在哪里最安全。我出门时带了两个钱袋，一个装了500银币，另一个装了800银币。我不放心带在身上，就把装了500银币的袋子埋在一个无人知晓的地方，而另一个袋子——”

商人说到这里戛然而止，然而男人却迫不及待地问道：“您是不知道把另一个袋子藏在哪里才安全吧？”

“您说我是把两袋钱放一起好呢，还是交给我信任的人来保管好呢？”商人继续问道。

男人听商人这样说，心里窃喜：哈哈，看来这袋钱也是我的了！

他对商人说：“我不太信任别人，要是我就把这袋钱和之前那袋钱埋在一起，这样我才放心。”

“嗯，是呀，我也这么认为。我现在就去旅店取钱，把钱埋起来。”商人说完便同男人告别，急忙离开。

男人看到商人离开了，马上拿出之前偷来的钱袋，匆匆出门。“把这袋钱放回去，那商人就不会发现钱丢了。等他把那袋钱也埋进去后，我就悄悄地把两袋钱都拿走。哈哈！真是太好了！”男人心里打着如意算盘。

男人把钱埋进商人之前埋钱的地方。而此时的商人正在暗中窥探男人的一举一动。等男人离开后，商人迅速挖开坑，拿走了自己的钱袋，高高兴兴地回到旅店中。

与宝宝对话

哎呀，这个商人真是厉害！竟然不动声色地让小偷自己把钱放回去了。这多亏了他有一副聪慧的头脑啊——，商人利用小偷想要得到更多钱财的贪婪心理，诱其“还”回钱袋。宝宝，我们应该向商人学习，遇到问题不能莽撞行事，而要仔细思考，运用智慧，果断行动，达到目的。

延伸阅读

乘着那歌声的翅膀

〔德〕海涅

心爱着的人
我带你飞翔
走到恒河的岸旁
那里有最美的好地方
一座红花盛开的花园
笼罩着寂静的月光
莲花在那儿等待
她们亲密的姑娘
紫罗兰轻笑耳语
抬头向星星仰望

玫瑰花把芬芳的童话
偷偷地在耳边谈讲
跳过来静静里倾听的
是善良聪颖的羚羊
在遥远的地方喧嚣着
圣洁河水的波浪
我们要在这里躺下
在那棕榈树的下边
沐浴着爱情和恬静
沉醉于幸福的梦幻

所罗门箴言式胎教

——从教诲中培养一颗正直的心

所谓箴言式胎教，就是通过给胎宝宝讲从古代犹太人流传下来的教训和箴言，教诲胎宝宝今后成为一个重情义，聪明、正直的人。同时寄托了孕妈妈和准爸爸希望孩子为人刚正不阿的期望。

在进行箴言式胎教的过程，也是一个熏陶的过程，孕妈妈的心态会发生变化，而良好的心态有助于胎宝宝形成良好的性格，从而给宝宝一个更加辉煌的未来。

所罗门的审判

不能让钱财蒙蔽了人心，正直才是做人的根本。

——塔木德胎教智慧

从前，有三个男人相约去耶路撒冷旅行，由于路途遥远，他们必须携带充足的经费。途中，他们经过一个小村子时，想暂时休整一下，而各自身上带着那么多钱又感到不很安全，后来三人商量后决定，将各自的钱都拿出来放在一起，把它们埋在一个隐蔽的地方。

他们开始寻找埋钱的地点。

“这里比较隐蔽，埋在这里肯定没人发现。”其中一人提议说。

于是，他们就将钱埋在了深山树丛旁的一个土坑里。

几天后，他们准备上路了，三个人一起来到上次藏钱的地方，然而情况不妙，原来藏钱的地方根本没有钱——钱消失了。三个人惊慌失措，你看看我，我看看你，一时乱了阵脚。

他们各自都在想，埋钱的时候，除了我们三个人，没有任何人在场啊。那么，偷钱的人一定是他们两个人中的一个。他们互相猜忌着，一夜无眠。

第二天，其中的一个人按捺不住了，“噌”的一下从床上坐起来，说：“你们说，到底是谁拿走的钱？只要老实把钱拿出来，咱们就原谅他。”

“你这话什么意思？反正不是我拿的。我看这钱就是你拿走的。”第二个人生气地说。

“你们谁拿了钱就交出来吧，我只要拿回属于我自己的那一份。如果不主动交出钱，小心我不客气！”第三个人也沉不住气了。

三个人谁也不能证明自己没有拿钱，就只好互相猜忌、怀疑。

“好了，大家都别猜了。我们去向所罗门国王求助吧！所罗门国王非常有智慧，一定能查出是谁拿了钱。”其中一个人提议说。

于是，三个人找到所罗门国王，把事情的来龙去脉都告诉了他：“尊敬的国王，我们知道您是世界上最贤明的国王。如果您能帮助我们找到拿钱的人，我们将万分感谢。”

所罗门国王沉思了片刻，说：“你们看这样行吗？你们可以先帮助我处理一件事情吗？之后我再帮你们。”

“当然没问题，我们乐意为您效劳。”三个人一口答应了国王的请求。

所罗门国王说：“有一位姑娘跟一个男人订婚了，但是没过多久，这位姑娘却喜欢上了另外一个小伙子。后来，这位姑娘就想与之前的那个男人解除婚约，并承诺给男人一些钱作为分手时的补偿。

“虽然男人很生气，但仍然爽快地答应了解除婚约，而且没要姑娘的补偿费，而这位姑娘非常富有。有位老人知道姑娘有钱，暗地里绑架了她，向她勒索。姑娘对老人说：‘我和之前与我订婚的男人取消婚约时，他都没有要我的分手赔偿。你不应该绑架我，把我放了吧！’听完姑娘这番话，老人真的放了她，而且一分钱都没要。”

所罗门国王讲完故事后，仔细观察三个人的面部神情，说道：“故事说完了，你们觉得这个故事里面最该受到表扬的是谁呢？”

第一个男人说：“我觉得，同姑娘解除婚约的那个男人最应该受到表扬。他得知姑娘不爱自己后就放弃了与她的婚约，而且没要姑娘的补偿费。”

第二个男人说：“我不这么认为，我觉得那位姑娘最值得表扬。因为她很勇敢，遇到真爱，果断与订婚的男人取消婚约。”

第三个人听后摇摇头，说：“我觉得这个故事很多地方说不通。那个男人居然不要任何分手费就同意分手。还有绑架那位姑娘的老人，为什么不收钱就放走了她呢？太匪夷所思了！”

听完第三个男人的话，所罗门国王大声喊道：“就是你，是你拿走了钱！”

前两个男人“啊”的一声吓了一大跳。所罗门说：“前两个人比较看重订婚者对那位姑娘的感情和那位姑娘的勇敢，但是你考虑的却是钱的问题。所以，一定是你把钱私自拿走了！”

一听这话，第三个男人“扑通”一下跪在了地上，承认是自己拿了钱。他拿出了钱，还给了另两个同行者，并连声祈求原谅。

与宝宝对话

宝宝呀，无论在什么时候，人都应该保持一颗正直的心，不贪婪，不被金钱所迷惑。故事中的第三个男人私吞了其他两个同行者的钱财，是因为他心内有一个贪婪的魔鬼，让他心生邪念。如果没有被两个同行者原谅，他一定会因为自己的贪婪而付出代价。所以，宝宝，我们要学习做一个正直的人，对不属于自己的东西，不存非分之想。

拉比的暗语之谜

一个人的智慧，源于他的博学多才和正直善良。

——塔木德胎教智慧

在古罗马统治以色列时期，有位犹太人拉比，他聪明智慧，全国上下人人皆知，巧的是，他与罗马国王竟在同年同月出生。然而，没有人知道，国王和拉比私下里是好朋友。当时，罗马人处处打压犹太人，如果犹太百姓知道了他们这种关系，势必影响拉比的形象。

由于拉比非常聪慧，每当国王遇到难以解决的问题时，都会请教拉比，但不是亲自去请教，而是派自己最信赖的大臣前去请教。

一天，国王非常苦恼，有两个问题他难以解决：一个是在自己还没去世时打算立儿子为国王，另一个是要在罗马打造一个城市，以方便与其他国家进行贸易往来。但是因为某些问题，只能处理一件事，这让国王头痛万分。

国王思来想去也难以想到一个两全其美的好办法，所以，无奈之下，他只能派大臣去咨询拉比。

大臣日夜兼程地来到拉比的家中，将国王纠结的两件事情都告诉了他。鉴于两国紧张的关系，拉比不便多说，只是把儿子叫过来，让他骑在木马上玩，然后把一只鸽子放在他手上，儿子“咯咯”地笑着，跑到院子里，放走了鸽子。

看到拉比的行为，大臣大惑不解，既然拉比无法开口说话，大臣只好悻悻然地回去了。

“辛苦了，得到解决方法了吗？”国王焦急地问道。

大臣迟疑了片刻，将自己看到的情形描述给国王。

“奇怪，他一句话也没说吗？他的古怪行为肯定是想要告诉我什么……”国王陷入沉思之中。

没过多久，国王阴沉的脸云消雾散，他拍了一下椅子扶手，站起来哈哈大笑，说：“我知道了！一定是这个意思。”

拉比让儿子骑马，是告诉国王先让儿子登上王位；让儿子放鸽子，是告诉国王当儿子做国王后再建立贸易城市。

“他真是太聪明了！”

国王笑得合不拢嘴，不由得从心底佩服他的这位好朋友。

然而，没过多久，国王又有难题了，而且是性命攸关的难题。他想让儿子继承王位，但是有些大臣极力反对，而且据他所知这些人正在暗中策划谋反事件。

“这可真是个大麻烦，我该如何是好呀？”

国王寝食难安，但依然没有想到对策。所以，他不得不再次向拉比求教。

大臣在得到秘密任务之后，再次来到拉比的家中，把国王的麻烦一五一十地说给了拉比听。然而拉比还是不能多说，因为两国之间的关系依然没有好转。

经过仔细思考后，拉比向屋外走去。来到菜园子，拔了一棵菜，返回屋中，然后又向菜园子走去，拔了一棵菜，再返回屋中。就这样，拉比来来回回做了很多次同样的动作。

大臣不知拉比为何这样做，只能返回禀告国王。

经过仔细思量，国王深深地感叹：“他真不是一般的聪慧啊！”

拉比的行为是告诉国王：不要一次将所有的谋反者杀光，要一个一个地消灭，才能万无一失。否则，极有可能会引起大骚动。

与宝宝对话

在这个故事里，我们看到了拉比聪慧的头脑，以及拉比的正直和智慧。在两国关系极为紧张的时刻，国王向拉比求助，拉比并没有因为国家和种族的关系而拒绝帮助国王，也没有畏惧因此可能会背上骂名，他运用自己的智慧，用行动向国王传达信息，从而帮助国王渡过难关。宝宝，妈妈真的很佩服拉比。如果换作是妈妈，妈妈也要运用自己的智慧，帮助其他朋友渡过难关。

毛驴与钻石

不贪图他人的财富，因为自己正直诚实的心就是人生最大的财富。

——塔木德胎教智慧

在一个遥远的村庄里住着一位拉比，他不仅有聪慧的头脑，而且诚实勤劳。

拉比靠在村庄里教书维持生计，生活并不富裕，放学后还要到山上去砍柴。砍柴所卖得的钱，不是为了生活，而是为了买书看。但是上课、砍柴、卖柴占用了拉比大量的时间，他看书的时间其实少得可怜。

一天，拉比背着斧头上山去砍柴。突然，他想到了一个好办法："如果买一头毛驴，每天骑着毛驴去卖柴，就能节省很多时间来读书了。但是买毛驴的钱哪里来呢？以后我得更加卖力地干活赚钱才行啊。"

拉比终于攒够了钱，到市场上买了一头毛驴。

弟子们得知老师买了一头毛驴，都来看热闹。

"老师，我们知道您买了一头毛驴，特意来给您道喜。"弟子们高兴地说。

"谢谢你们啊，以后咱们一起看书学习的时间就更多了。你们牵着毛驴去外面转一圈吧。"拉比笑着说道。

弟子们把毛驴牵到了小河边，有的人给毛驴顺毛，有的给毛驴喂草，不亦乐乎。

“小毛驴呀，你要帮助老师，努力干活儿哟。”弟子们一边抚摸毛驴，一边说笑着。毛驴摇晃了几下身体，只听“扑通”一声，从毛驴身上掉下来一个东西，直接沉入河底了。弟子们好奇，赶紧从水里捞出——咦，什么东西？亮晶晶的，在阳光下闪闪发光。

“呀，这是钻石呀！比我见过的任何钻石都大，都亮！”一个弟子说道。于是弟子们捧着钻石跑回去告诉拉比：“老师，您以后不用上山砍柴了！看啊！毛驴身上掉下这么大一颗钻石！”

拉比不太相信弟子的话，接过来一看，果然是一颗钻石。

“这颗钻石是从毛驴身上掉下来的，是您的！”弟子们兴奋地说。

拉比并没有因此而高兴，他平静地说：“这颗钻石不是我的，我买的是毛驴，不是钻石，我得把它还给毛驴原来的主人。”

“老师，有了这颗钻石，您以后不用砍柴了，看书学习的时间就更充裕了。”弟子们想要说服拉比留下钻石，而拉比非常坚定，执意要去还回钻石。

拉比牵着毛驴来到市场，找到了卖毛驴的那个商人，掏出钻石，说：“这头毛驴是从您这里买的，而从毛驴身上我发现了这颗钻石。这颗钻石不是我的，是您的，我现在把它还给您。”

商人有些匪夷所思，拿过钻石，看了看，摸了摸，说：“呀，我也没看到过这颗钻石啊！现在这头毛驴是您的，而这颗钻石是毛驴身上掉下来的，那就应该是您的了。”

说着，商人要将钻石交给拉比。

“不对，按照我们犹太人的传统，不是自己买的东西就不属于自己。”拉比坚决地说。

拉比执意要还回钻石，商人只好收下。此后，人们对拉比更加敬重了。

与宝宝对话

宝宝，也许有人会说：“这个拉比好傻呀！看到钻石都不要，却还回去。”但是，你知道吗？拉比这样做是应该的。拉比只买了毛驴，而没有买毛驴身上的钻石，所以，钻石是不属于拉比的，而还回钻石是正确的做法。意外之物，即使再值钱，也不属于自己，不能私自收下，这是做人的基本原则。只有这样做，才能赢得他人的尊重，当然，我们的内心也会因为正直、纯净而获得宁静。

谁是孩子真正的妈妈

只要记着，心存贪念，必定受到惩罚。

——塔木德胎教智慧

一天，有两个女人带着一个婴儿，哭闹着来到了所罗门国王的面前。

其中一个女人“扑通”一下跪在了地上，擦了擦眼泪，说：“伟大的国王，请您为我做主，这个孩子是我的。”

另一个女人也跪在地上，哭着说：“伟大的国王，您别听她胡说，我才是这个孩子的妈妈！”

所罗门国王让两个女人先平静下来，说：“究竟发生了什么事情，你们说给我听听。”

两个女人停止了哭泣，你一言我一语把事情的来龙去脉说给了国王听。

原来，这两个女人居住在一栋房子里，非常巧的是，她们同时生下了各自的孩子，但是没过多长时间，其中一个女人的孩子夭折了，这个女人很长一段时间都无法从悲伤中走出来。

一天，她看到另一个女人抱着孩子开心地玩耍时，心生妒忌，便想把孩子抢走，当作自己的孩子来抚养。于是两个女人就展开了抢孩子的拉锯战。

孩子真正的妈妈气得快要疯了。经过几天的争吵，依然没法证明孩子就是自己的。所以，就出现了她们带着孩子求助于所罗门国王的一幕。

听完两个女人的叙述，所罗门国王问其中的一个女人：“你是这个孩子真正的妈妈吗？”

女人泪流满面，说：“没错，我是这个孩子亲生的妈妈。”

国王对着另一个女人说：“你是这个孩子真正的妈妈吗？”

女人同样是泪流满面，说：“是的，我真的是这个孩子的妈妈。”

聚集在审判庭外的人越来越多，大家议论纷纷：“这是怎么回事啊？谁是孩子的亲生妈妈呀？”

“真是奇怪，肯定有一个是假妈妈。”有人说。

国王接着问：“无论这个孩子是谁的，你们愿意由你们之中的一个人来抚养吗？”

两个女人异口同声答道：“当然愿意！”

国王皱着眉头，露出一副为难的神色，说：“可是，究竟让谁来抚养呢？”

两个女人都想要得到孩子的抚养权，互不让步，又大吵起来。

这时，国王大声发出命令：“来人，拿把刀，把孩子切成两半，一人拿走一半抚养好了！”

听到这样的审判结果，堂下所有人都惊呆了。其中一个女人吓得全身颤抖，脸色发青，跪在地上苦苦地哀求：“国王，我不抚养了，这个孩子不是我的，给那个女人吧。求求你不要把孩子切成两半。”

说完，这个女人拼命磕头。而另一个女人却不慌不忙地说：“国王真英明，把孩子切成两半，一人一半最合适不过了。”

这时，国王指着这个女人，大声呵斥：“你不是孩子的妈妈，这个世界上没有一个母亲希望自己的孩子死掉。来人，把假妈妈抓起来，听候发落！”

就这样，所罗门国王找出了假妈妈，得到了审判庭里外所有人的称赞。

与宝宝对话

宝宝你看，所罗门国王在处理两个母亲争夺一个孩子的案件中，表现得智慧、公正。在那个时代，处理这样的案件不能采用DNA验证法，非常棘手。即使如此，所罗门国王也没有胡乱判案，草率判决，而是运用智慧，大胆一搏，利用母亲爱子的心理，甄别出假妈妈。所以，宝宝，无论在什么境况下，我们都不能违背良心，做伤天害理的事情。

延伸阅读

善与恶

〔黎巴嫩〕卡里·纪伯伦

当人的心神合一，便是善的。
当人心神不一，也并非为恶的。
因为一间密不透风的房子并不是贼窝，
它只是一间密闭的屋子。
船没有了舵，只会在凶险的岛屿附近来回漂浮，
并不会坠入海底。

当人向着自己的目标大步迈进时，便是善的。
当人为了达到成功的彼岸而蹒跚前行时，
也并非为恶的。
因为蹒跚向前并不是放弃目标而倒退。

父亲角色式胎教

——父辈给予孩子的生存之道

父亲角色式胎教，指在妻子怀孕期间，准爸爸体贴关爱孕妈妈，使之身心始终处于一种良好的状态，从而促进胎宝宝健康发育。

研究表明，在孕期不和谐的家庭环境中孕育的胎宝宝，出生后患有精神、身体障碍的概率会有所增加。所以，进行父亲角色式胎教很有必要。在此过程中，准爸爸应该对孕妈妈多加体贴与宽容，尤其要谅解对方在孕期的烦躁情绪，促进家庭和谐，使孕妈妈保持愉悦的心情。

奇怪的遗书

利用智慧，妥善处理遗产问题。

——塔木德胎教智慧

在一个村庄里住着一对父子——老爷和少爷。老爷拥有不少财产，家里雇有很多奴隶。遗憾的是，老爷只有一个儿子，因此格外宠爱他。

“孩子，我最大的愿望，就是你长大后能够成为一个出色的人！”老爷满怀期望地说。

“父亲放心，我一定加倍努力成为一个出色的人！”少爷诚恳地说。

日复一日，年复一年，少爷终于长大了，可以自己外出求学了。

“孩子，我想让你到外面去读书，学习更丰富的知识。耶路撒冷非常适合读书，你就去那里吧！”父亲说。

“父亲，我离开后，您要自己保重，我会想念您的。”临行前，少爷依依不舍地说。

“不用惦记我，只要你好好学习，将来有出息，我就放心了。”老爷慈爱地说。

于是，少爷收拾好行李，一个人踏上去往耶路撒冷的路途。老爷站在村口，望着儿子的背影，久久不肯回家。

少爷离开后，老爷一个人生活很孤独。每当夜深人静时，就非常思念自己的儿子，常常夜不能寐。几年后，老爷年老体衰了，可是儿子还没有完成学业归来。最终老爷思念成疾，渐渐病入膏肓，卧床不起。

“在我临死前也许看不到我的儿子了。我这偌大的一份家业，怎么顺利交到儿子手上呢？”老爷整日忧虑。

老爷思前想后，想出了一个好办法。他在床上写好一份遗嘱，交给身边最亲近的奴隶，嘱咐他说：“我的身体可能很难好了。这份遗嘱是给你的，但是一定要等我去世后再打开看。”

奴隶记住了老爷的话，收好遗嘱。没过多久，老爷就去世了。

奴隶打开遗嘱，里面写着：我所有的财产都是奴隶的，我的儿子可以从我的财产中选择一件东西带走。

“啊！这真是不可思议！简直是天上掉馅儿饼，正好砸在我头上啊！”奴隶看完遗嘱，高兴得又蹦又跳，“我应该赶快通知少爷老爷去世的消息。”

于是，奴隶快马加鞭来到耶路撒冷，向少爷禀告实情。

少爷非常吃惊，不敢相信这件事情，马上动身赶回家中。

回到家中，看到已经去世的父亲，少爷悲痛万分，他陷入无尽的悲伤之中。按照规矩，少爷为父亲办理了葬礼。丧事刚结束，奴隶就将老爷的遗嘱拿给少爷看。

“什么？所有财产都不是我的，我只能选择一种东西。父亲这么爱我，怎么可能这样做呢？”少爷怎么也想不明白，于是前去求教拉比。

少爷将事情的经过说给拉比听，并问道：“是我的父亲不爱我了吗？为什么会留下这样的遗嘱呢？”

拉比沉思片刻，说：“小伙子，你的父亲非常有智慧。他对你的爱从来没有改变过。”

少爷更加糊涂了，问：“可是，父亲既然爱我，为什么把财产留给奴隶呢？”

“你不理解你父亲的所作所为，是因为你尚且年轻。你父亲知道大部分人对钱财都贪婪，如果遗嘱上写着把财产留给你的话，你父亲离开人世后，奴隶还会将你父亲的死讯及时通知你吗？”

“嗯，我觉得他大概不会，还有可能把财产全部拿走。”少爷肯定地说。

“是的，所以你父亲很聪明，在遗嘱上写明把财产留给奴隶。这样，你父亲离开人世后，奴隶才会在第一时间告诉你，并保存好财产。”拉比说。

“但是，这样也无济于事啊！没有财产，我就一无所有了！”少爷还是不明白。

“哎呀，真是傻孩子。你父亲的财产不只是房子和金银珠宝，还包括奴隶，当然，奴隶的财产也是你父亲的。你父亲让你挑选一件他的财产，你挑选奴隶也是可以的啊！”拉比解释说。

少爷茅塞顿开，终于明白了父亲的良苦用心。

“你现在应该知道你父亲是爱你的了吧！”拉比说道。

“嗯，我真是太傻了，参悟不透父亲的智慧。今后我要加倍努力学习，像父亲一样有智慧。”少爷说。

后来，少爷得到了父亲所有的财产。他给了奴隶一些钱财，让他自由生活去了。

与宝宝对话

宝宝，你感受到老爷对少爷的爱了吗？可能你现在还无法理解。太多爱自己孩子的父母，虽然也希望孩子永远陪伴在身边，但是为了让孩子有一个更加美好的前途，他们愿意放手并鼓励孩子去外面闯荡，学习安身立命的本领，成为有才能的人。就像故事中的老爷一样，不仅送儿子去外地学习，在临死前还为儿子考虑，设法妥善处理了遗产问题，充分体现了老爷的聪慧头脑和对儿子的爱。

船上的洞竟然没漏水

我们不要小看举手之劳，有时候，它能使人绝处逢生。

——塔木德胎教智慧

在小村庄附近，有一个宽阔的湖泊，每逢假期，一对夫妻就带着两个儿子来这里划船。

“父亲，当小船驶离岸边的一刹那，我感觉特别开心。”大儿子兴奋地说。

“母亲，我们今天能划远一点儿吗？”小儿子说。

“冬天就要来了，湖面很快就要冻住了。今天划完船，就得等明年才能划了。所以，孩子们，今天就划远一点儿吧，等天黑了我们再回去。”夫妻俩爽快地答应了儿子的要求。孩子们高兴极了，拍手叫好。

愉快的时光总是一闪而过。一天很快就到了傍晚，太阳快要落山了，一家人决定上岸回家。

“孩子们，咱们一起把船推上岸，好吗？”父亲说。

“好呀，好呀，父亲。”孩子们愉快地响应着。

“一、二、加油！”在大家的努力下，小船终于上岸了。就在这时，父亲发现船底有一个洞，很小很小。原来，刚才在拉船靠岸时，船底被湖岸上的石块刮破了。

父亲想了一下说：“明天得给船刷上新漆，洞就先不补了，明年再说吧！”

第二天，父亲将船送到村里油漆匠的家中，说：“我知道您刷漆的手艺不错，可以帮我把船刷成绿色的吗？”

“当然可以，过两天您来取船吧。”油漆匠爽快地说。

几天后，父亲去取船，看到眼前绿色的小船，笑得合不拢嘴：“天啊！真是太漂亮了！简直和新的一模一样！真是太谢谢您了！”

第二年春天到了，湖泊化冻了，小鱼在水中游来游去。两个孩子一个冬天都没去湖边玩了，这天他们吵着要去划船。

“父亲，您看天气多么晴朗，咱们去划船吧！”大儿子说。

“母亲，我们真的等不及了！”小儿子也附和着。

“我们近来很忙，要不你们自己去吧，注意安全啊。”母亲说。

“哈哈，真是太好了！”孩子们高兴极了。

两个孩子一边欢笑着，一边向湖边跑去——那里有小船在招手呢。

太阳就要落山了，母亲把晚饭都准备好了，但是孩子们还没有回家，夫妻俩有些担心起来。

突然，父亲想起去年船底破了一个小洞的事情，顿时脸色煞白：“天啊！去年船底有一个小洞想着今年补，我竟给忘记了！”

“啊？孩子们可一点儿也不会游泳呢！”母亲急得眼泪都快要掉下来了。

夫妻俩发了疯似的向湖边跑去。他们心里害怕极了，祈祷孩子们平安。

“孩子们……孩子们应该在岸上玩，没有划船吧！”父亲心存侥幸地说。

此时的母亲已经泪流满面，一边奔跑，一边想象着孩子们在湖中呼喊救命的情景……

“都是我不好，把这件事情给忘记了，真应该去年就把洞补上。”父亲心想，他心里懊悔得要死。

然而，当夫妻俩赶到湖边时，却看见夕阳下湖中央两个孩子在开心地划着船。他们深吸一口气，如释重负，然后对着孩子们大声喊道：“孩子们，快划过来！划过来！”

孩子们见父母赶来，不知道发生了什么事情，就赶快把船划到岸边。

“母亲，怎么了？这么……”没等孩子们说完，夫妻俩就冲上去拥抱他们。两个孩子一脸茫然。

“孩子们，小船没有进水吗？”父亲不可思议地问道。

“没有呀，我们划很长时间都没事。”孩子们答道。

父亲赶紧爬到船上查看船底的那个小洞，发现小洞已经被补上了。父亲感觉非常奇怪，是谁补上的呢？平时只有自家人接触过小船，没有外人接触过呀。

“啊！是他！”父亲突然想起那个油漆匠。

第二天，父亲准备了厚重的礼物，带着孩子们去酬谢那位油漆匠。

“真是万分感谢啊！如果不是您帮我把船底的小洞补上，这两个孩子也许就没命了。”父亲说完，给油漆匠鞠了一躬。

“没什么，刷漆时看见了，顺手就给补上了，您不用这么客气。下次要多注意，以免出现意外啊！”油漆匠轻声说道。

“嗯，谢谢！谢谢！”父亲不停地说。

这件事情过后，父亲从心底由衷地敬佩油漆匠的责任心，同时告诫自己并教育孩子：做事一定要有责任心，从小事做起。

与宝宝对话

宝宝，故事中的父亲是不是太粗心大意啊？幸亏油漆匠把船底的洞补上了，否则他的两个孩子就没命了。后来当这个父亲得知是油漆匠的行为避免了一场灾难时，怀着感恩之心带着孩子去油漆匠家道谢，这样的行为会在潜移默化中教会孩子们要知恩图报。宝宝，当我们受到他人恩惠时，要懂得感恩哦。你长大以后也要尽力帮助其他人，也许我们一个不起眼的帮助，就能给他人信心、勇气，甚至生命。

什么也比不上父亲的午觉重要

钱财是身外之物，心中有爱才是一生的财富。

——塔木德胎教智慧

一个善良的年轻人生活在一个村庄里，他拥有一颗罕见的大宝石，据估计，宝石价值3000金币，很少有人能买得起。为了保护好这颗宝石，年轻人将宝石放入房间的小金库中，他将小金库的钥匙塞入父亲的枕头中。

一天，有一位拉比前来拜访年轻人。

“年轻人，您愿意将你家那颗美丽的大宝石卖给我吗？我急等着用。”

“先生，如果您给出的价格合适，我当然愿意。但是您知道吗？这颗宝石价值很昂贵哦。”

“钱不是问题，目前我正在装修一座教堂，缺少的就是这样一颗无与伦比的大宝石。我愿出价 6000 金币。我能看看您那颗宝石吗？”

“啊？”年轻人心中一惊，他没有想到拉比肯出此高价，而这颗宝石根本就不值 6000 金币啊。年轻人迟疑了一下，说：“如果这颗宝石能用在这么神圣的地方，那真是太好了。先生，请您跟我进屋去取吧。”

年轻人把拉比带到一个房间里，只见一个角落里有一个小金库，上面悬挂着一把大锁。

“先生，钥匙在我父亲那里呢。您在外面稍等一下，我现在就去拿。”

年轻人来到父亲的房间，只见父亲正在床上午休，他不忍打扰睡梦中的父亲，于是转身出门，小声对拉比说：“不好意思，我不能把宝石卖给您了。”

拉比无法理解，急忙问道：“啊？这是为什么呢？你不是已经答应我了吗？”

年轻人想了想，对拉比说：“先生，金库的钥匙放在我父亲睡觉的枕头中，如果想要拿到钥匙，就必须把父亲叫醒，但我不想打扰父亲。您有此诚意来买宝石，可是我没法卖给您，真的很抱歉。请您理解。”

听完年轻人的话，拉比明白了年轻人的孝心，非常感动，感叹道：“一般情况下，有人肯出高价钱来买这颗宝石，恐怕不会有人舍得错过这个机会。可见您是一个非常孝顺的人，我尊重您的选择。”

说完，拉比面带笑容，转身离开。

为了保证父亲有一个好的睡眠，年轻人宁可放弃售卖高价的机会，真是太有孝心了。后来，拉比经常会向他人讲述这个年轻人的孝心故事。

与宝宝对话

宝宝，你知道吗？妈妈读完这个故事，就被故事中的年轻人感动了。在金钱和孝道面前，他毫不犹豫地选择了孝道。作为父亲，一定会为拥有这样的孩子而欣慰。宝宝，希望今后的你也是一个孝顺的孩子。

聪明的儿子继承了遗产

父亲给予孩子最好的礼物，不是一大笔财富，而是获取财富的智慧。

——塔木德胎教智慧

有一位旅客在途中身患重病，不得已在一家旅店住下来。可是，休息了很长时间，病情依然得不到好转，他知道自己将不久于人世，于是叫来了店主。

“非常感谢您在这些日子里对我的照顾，也许我熬不了多久了。有一件事想请您帮助，还望您能答应我。在我离开人世后，请您找到我的儿子，把我的财产都给他。”

旅客喘着粗气说完了这番话，稍事休息后又说道：“请现在不要把财产交给他，等他有资格继承遗产之后再交给他。”

店主虽然有些为难，但看着卧病在床的旅客，也没法拒绝，只好说：“好吧，我答应您。但是，我怎么判断他有没有这个资格呢？”

旅客艰难地说："感谢。当您感觉我儿子完成了三件聪明的事情后，就可以把财产交给他了。"说完还留下了地址。

没过几天，旅客就去世了。

店主给旅客的儿子写了一封信，信中通知他父亲已经离开人世，请前来办理后事，并没有提及哪个旅店。因为他想趁此机会考验一下旅客的儿子。

旅客儿子收到信后就马不停蹄地赶到这座城市。他看到一个樵夫背柴经过。

旅客儿子同樵夫打招呼，说："您的这些柴，我全买下了，而您必须把柴送到前两天病逝过一个旅客的店中。"

"好嘞！没问题。"因为木柴一次性被全部买下，樵夫非常高兴，飞快地到每家旅店去打听最近有没有死过一个旅客，而旅客儿子则一直紧随其后，直到找到父亲离开人世的那家旅店。

这是旅客儿子完成的第一件聪明的事情。

见到旅客儿子后，店主高兴地邀请他与自己全家共进晚餐。

晚上，所有人都围坐在了餐桌前，其中包括店主、店主妻子、两个儿子、两个女儿和旅客儿子，一共七人。

这时，店主端着五只鸽子来到旅客儿子面前，说："请您帮我把这五只鸽子平均分给大家品尝，好吗？"

对于店主这样的请求，旅客儿子有些不高兴，但由于店主非常热情，他实在无法拒绝。但怎样平均分配鸽子给大家呢？

旅客儿子沉默了片刻后，拿起刀叉，将一只鸽子分给了店主的两个儿子，将另一只鸽子分给了店主的两个女儿，接着又把第三只鸽子分给了店主和其妻子，最后留两只鸽子归自己。

店主看到旅客儿子这样的分配结果，非常生气，说："为什么我们都是两个人吃一只鸽子，而你却是一个人吃两只呢？"

旅客儿子微微一笑，说："我只想到了这一种公平分配的方法。您的两个儿子和一只鸽子相加为三，您的两个女儿和一只鸽子相加为三，您和您妻子与一只鸽子相加也为三，而我和两只鸽子相加依然是三呀！"

店主听后觉得有道理，说："嗯，确实是这么回事。你只能这样分配鸽子！"

这是旅客儿子所做的第二件聪明的事情。

不想店主又将一只烧鸡端到旅客儿子面前说："你能帮我把这只鸡也分给大家品尝吗？"

旅客儿子皱起眉头，感觉比较为难：将一只鸡分成七份，还要让每个人都满意，简直太难了。

旅客儿子想了想，然后举起刀叉，将鸡头取下，分给店主和店主妻子，将鸡腿切下来放入店主两个儿子的盘中，将鸡翅膀切下来，放入了店主两个女儿的盘中，把剩下的鸡身留给了自己。

看到这样的分配结果，店主又一次生气了，说：“你把最大的一块留给自己，你觉得合适吗？”

旅客儿子梳理了一下思绪，说道：“我觉得这样分配非常合适。您与您的妻子作为一家之主，最适合吃鸡头；您的两个儿子是家中的顶梁柱，非常适合吃鸡腿；而您的两个女儿最终会嫁人，离开父母，所以适合吃鸡翅膀；至于我吃鸡身，是因为我外出时都需要坐船，鸡身和船的形状很相似哦。”

店主听后再一次感觉到旅客儿子的确非常聪明，于是认真地说：“你三件事情都完成得非常漂亮！”

“嗯？什么三件事儿？”旅客儿子一头雾水，不知店主为何说出此话。店主将旅客的遗言告诉了旅客儿子，并将财产如数交在他手上。

旅客儿子这才明白为何店主百般为难自己，不禁苦笑了一下。

与宝宝对话

宝宝，旅客的儿子是不是很聪明呀？当然，旅客也很聪明。旅客之所以让店主考验儿子，是为了确定儿子是否有能力继承好这笔财产，他不想自己的儿子轻易获得这笔财严。宝宝，在这里，妈妈体会到了旅客对儿子的良苦用心，父亲留给孩子最大的财富不是金钱珠宝，而是获取财富的智慧。

延伸阅读

生活的原则

善良而真诚的人，
心如天空一般蓝，
如太阳一般温暖，
应该让全世界知晓。
然而，自身的智慧与才能，
如同从矿石中发掘美玉，
从大海深处捞取珍珠，
旁人怎能轻易知道。

Hevruta 教育式胎教

Hevruta 教育式胎教，源自犹太式育儿法，即通过与胎宝宝进行交流，培养胎宝宝自己思考、回答问题的能力，为出生后独立思考问题、有条理地回答问题奠定基础。Hevruta 教育式胎教不仅能提高胎宝宝的悟性，还能加深亲子情感，促进胎宝宝身心的健康发育。

生命在，希望就在

只要心存希望，终能超越苦难。

——塔木德胎教智慧

阿奇巴骑上自家的毛驴，带着一条狗，背包里装着一盏灯和几本书，就这样开始了自己的旅行。

走啊走，天快黑时，阿奇巴决定在路边的窝棚里过夜。可是他觉得这么早睡觉有点儿浪费时间，于是就点亮随身携带的灯，借着微弱的光亮看起书来。谁知外面突然刮来一阵风，灯灭了。

“唉，还是睡觉吧！”阿奇巴无奈地想。

由于赶了一天的路，疲惫不堪的阿奇巴很快就进入了梦乡。

然而，就在阿奇巴入睡的这段时间里发生了意外。

在夜半三更时，不知从哪里跑来一只狼，将阿奇巴的狗叼走了。不久又跑来一头狮子，吃了阿奇巴的毛驴。

次日清晨，阿奇巴从睡梦中醒来，走出窝棚，发现自己的狗和驴都不见了，低头细看，见地上有一摊摊血迹，吓得浑身发抖，一丝恐惧袭上心头。

“怎么会这么倒霉呀！离目的地还有很远的路程，而我的交通工具却没了。”一想到往后漫长的行程只得靠自己徒步完成了，阿奇巴就感觉头脑一阵发晕。阿奇巴没

有别的办法，他只能徒步向下一个村子走去。

终于，阿奇巴来到了一个小村庄，进村一看，四处一片狼藉，而且好半天都没见到一个人，感觉有些瘆人。他赶紧离开村子赶往下一个村庄。

刚一进入下一个村庄，就有很多村民围过来，大家好奇地打量着阿奇巴，问道："你是从前面那个村子来的吗？那里现在是个什么样子？"

阿奇巴说："那里不知发生了什么事，连一个人都没有，到处乱七八糟的。我就只能往前走，来到了这里。你们知道那个村庄里发生什么事情了？"

"哎呀，你真是幸运啊！就在昨晚，有一群土匪洗劫了那里，他们看到粮食和家畜就抢，看到人就抓，如果有人试图反抗或逃跑，就会被当场杀死。"村民们你一言我一语地说。

听完大家的话，阿奇巴后背一阵发凉，感觉非常后怕："如果昨晚那盏被风吹灭的灯又被我点亮，我也许这会儿就不能站在这里了！"

真是惊险万分啊，阿奇巴感觉自己很走运，于是深呼了一口气。这时，他又想到一件事情："天啊，如果我的狗和驴子夜里没有被野兽吃掉，土匪经过我身旁时，狗和驴一定会大叫，这样就会被土匪发现，而我就没命了。唉，看来，我死掉的狗和驴救了我一命啊！"

此后，阿奇巴经常激励失意者，告诉他们："即使你现在非常伤心、绝望、痛苦，都不要放弃希望和努力，因为也许将来的好事或成就，正是源于今天的磨难。"

与宝宝对话

宝宝，听完这个小故事，你是不是感觉阿奇巴非常幸运呢？是呀，他的确很幸运。在我国有句古话叫“塞翁失马，焉知非福”，意思就是说，有些事情看上去是糟糕的、不好的，但实际上却是一件好事。阿奇巴失去了狗和驴，却因此挽回了自己一条命，这难道不是好事吗？因此，我们遇到困难时不要失望和气馁，因为放弃努力必将一事无成。

不要瞧不起丑陋的酒罐

思想肤浅，看待问题也肤浅；深邃地看待问题，思想也跟着深邃。

——塔木德胎教智慧

从前，有一位拉比学问渊博，名气响彻全国。遗憾的是，他长相异常丑陋。

那时，罗马帝国有一位美丽的公主，她的眼睛美丽动人，肌肤白皙如雪，体态婀娜多姿，所有人都为国家有这样一位美丽的公主而感到自豪。

一天，丑陋的拉比来到罗马帝国，见到了传说中美丽的公主。公主一看到拉比，就仰头哈哈大笑。

“怎么如此渊博的知识都装在了这么难看的容器中了呢？”公主说话尖酸刻薄，初次见拉比就讥讽他。

但是拉比却没有在乎，微笑着说：“高贵的公主，这里能喝到酒吗？”

公主点点头，高傲地说道：“当然，这里拥有世界最昂贵、最可口的酒！”

“可以告诉我最昂贵的酒放在什么样的容器中吗？”拉比问道。

“当然是铜瓶或者瓦罐中了！”公主答道。

听到公主的话，拉比露出一副吃惊的神色：“啊？怎么就放在那么丑陋的容器里呢？富有的罗马帝国怎么不用漂亮的瓶子装昂贵的酒呢？这些昂贵的酒应该

装进金瓶或银瓶中才是啊？”

听完拉比的话，公主点头表示赞同。强大的罗马帝国用那么平常难看的容器装酒，确实有些不搭调。公主马上下令将铜瓶和瓦罐中的酒装进金瓶和银瓶中。

没过多久，宫殿里举办了一场隆重的宴会。

宴会上，国王拿出自己珍藏的昂贵美酒。客人们都端起金瓶和银瓶，坐在一旁的公主兴奋地等待着父皇的夸奖。

国王和客人们一同举起金瓶和银瓶，几口就将瓶中美酒饮下。但就在这时，国王和客人们突然哇哇大吐起来。

“怎么会这样啊？谁动了我的酒？这酒怎么变得这么难喝了？”国王气得火冒三丈。站在一旁的侍从吓坏了，小声答道：“前段时间，我们接到命令，将所有昂贵的酒都装进金瓶和银瓶中。”

“谁的胆子这么大，敢下这样的命令？”国王怒吼道。

本来以为能得到夸奖的公主，这下惨了，灰溜溜地跪在国王的面前，小声答道：“父王，是我下的命令。我觉得我们罗马帝国这么富有，而昂贵的酒却放在普通丑陋的铜瓶、瓦罐中，这样有失国容啊！而我并不知道酒放在金瓶和银瓶中，味道就会变得如此难喝，还望父王一定要原谅我啊。”

公主知道自己办错了事情，大哭起来，但国王还是训斥了她：“一点儿都不懂规矩！酒瓶就只是用来装酒的，你不去在意酒的味道如何，只在乎装酒的容器……你赶快退下，我现在不想看到你！”

被国王训斥后，公主非常憎恨拉比。她找到拉比，质问他：“拉比，您肯定知道酒放在金瓶或银瓶中会改变味道，为什么还让我这样做呢？让我把父王气得火冒三丈。”

拉比回答道：“高贵的公主，我这样做只有一个目的，就是让您明白，有些时候，美好的事物放在普通甚至难看的容器中更合适，而人也是如此。”

听完拉比的话，公主想起当初自己讥讽拉比的事情，突然面颊潮红，觉得自己当初的认识非常浅薄，她诚恳地向拉比道了歉。

与宝宝对话

很多时候，我们都喜欢以貌取人，看到他人相貌丑陋，往往以异样的眼光看待，殊不知他人别有洞天的人生，是我们浅薄目光不能看到的。宝宝，人不可貌相，相貌丑与美只是外在而已，不能说明什么。真正美丽的人，不但拥有美丽的心灵，而且拥有聪明和智慧。你能理解吗？

谁的功劳最大

一言可以使人生，也可以致人死，所以，言语谨慎也是一种智慧。

——塔木德胎教智慧

在很久以前，有一位国王患上了一种奇怪的病。这个国家最出色的医生给国王诊断后，说："喝狮子的奶汁，您的病情才会好转，否则就回天乏术了。"

国王听了一脸困惑："为什么喝狮子的奶汁，我的病才能好转啊？再说，怎么才能得到狮子的奶汁啊？这太困难了。"

为了活命，国王叫来一位男子，说道："你是这个国家最聪慧的人了，请你想办法从狮子那里得到奶汁吧！如果得到奶汁，我一定加倍奖赏你。"

"好的，国王，没有问题，您等着我的好消息吧！"男子说完，就以最快的速度来到了森林中。

没过多长时间，男子发现了几只小狮子，并跟踪小狮子们来到了一个洞穴处，他小心地探头观望，原来里面是小狮子们的母亲。这时，男子放进去一只小狮子。母狮子看到小狮子高兴极了，它一边用嘴呵护小狮子，一边喂小狮子乳汁。此后每天，男子都会放进去一只小狮子，还给母狮子带来食物。

日复一日，母狮子对男子没有了防备。最终男子终于可以接近母狮子，并从它那里得到了乳汁。

男子兴奋地往回走，由于很长时间都没有休息好，身体过度疲惫，他在一棵大树下睡着了，还做了一个怪梦。

在梦里，男子的脚竟然开口说话了：

“你能得到乳汁，多亏了我啊，没有我的话，你根本走不到狮子洞。”

这时，眼睛也说话了：“什么啊！哼！如果没有我看路，有脚管什么用！”

手也按捺不住了：“你们别吵了，如果没有我，谁去挤奶呀？这次我的功劳最大！”

随后，男子的耳朵、鼻子、心脏都开始大声嚷嚷，都说自己的功劳最大，只有舌头静静的，一言不发。

突然，男子从梦中惊醒。他擦了擦额头冒出的汗。

“真是奇怪，怎么会做这样荒诞的梦啊！”

说完男子就匆匆赶回宫中。

国王喝下狮子奶后果真感觉轻松多了，说：“不错，我要加倍奖赏你！”就在这时，男人的舌头不受控制地开始说话了：“这不是狮子奶，是狗奶啊！”

“啊？你怎么能欺骗我？来人，拉出去斩首示众！”国王气得满脸涨红，男子吓得脸色煞白，连減“冤枉”。

男子的脚、眼睛、手、心脏、耳朵等不想一起送命，所以他们一起向舌头求救：“舌头啊，快救救我们吧！我们知道，只有你的功劳最大。今天你要不说实话，我们就没命了！请你一定让国王饶过我们吧！”

听完男子身体各个器官的求饶，舌头良心发现，终于向国王说出了真相：“尊敬的国王，我被嫉妒心搞得昏了头，刚才是我错了，你喝的真的是狮子奶。您再喝一次便可见到效果了。”

国王于是又喝下了一碗狮子奶，身体感觉果然好了很多。他最终原谅了男子，并奖赏了他。这时，舌头发话了：“知道了吧？我的一句话要么可以要了你们的性命，要么可以拯救你们的性命！”

与宝宝对话

宝宝，妈妈想通过这个故事，告诉你，言语谨慎也是一种智慧。如果不懂得运用言语，就可能会使自己失去成功的机会，有时甚至还会给自己带来麻烦。但是如果能够谨言慎行，明白在什么情况说什么话，不仅能让自己体验到人与人之间交流的快乐，还可能给自己创造成功的机会。

强者与弱者

《塔木德》

在世界上，
有些明明是弱者，
却可以让强者感到害怕。
蚊子让狮子害怕，
蚂蟥让大象害怕，
苍蝇让蝎子害怕，
蜘蛛让雄鹰害怕。
生物即使再强大有力，
也会有害怕的时刻，
再微笑再柔软的，
只要勇气足够大，
也有可能会胜利。